나무 마을

동만이

나무 마을 동만이

김영주 글 | 강전희 그림

문학동네

차례

산꼭대기에 작은 학교가 있습니다.

1층 기와 지붕 건물이 숲 속에 폭 안겨 있습니다.

100명 정도 되는 아이들이

작은 학교에 옹기종기 모여 살아갑니다.

수학 시간입니다. 두 자리 수 덧셈을 배웁니다.

동만이는 손가락으로 더하기를 합니다.

답이 잘 나오지 않자 몇 번 하다 그만둡니다.

1

거꾸로 달리기

교실 바닥에 앉아
봅니다. 책상 위에도
엎드립니다. 스팀으로 가서
등을 기대어 앉습니다.
동화책 한 권을 꺼내서 읽습니다.
동만이 책상 위에는 공책, 수학익힘책, 색종이,
연필이 흩어져 있고, 바닥에는 수학책, 지우개,
수첩이 떨어져 있습니다.
"제자리에서 공부해야지."

선생님이 동만이에게 말합니다.

동만이는 등을 스팀에 대고 고개를 끄덕입니다.

"동만이 졸아요."

옆에 있던 아이가 동만이를 툭툭 쳐서 깨웁니다.

"선생님, 힘들어요. 졸려요."

선생님은 알았다며 동만이를 그대로 놔두고 문제를

계속 풀어 나갑니다.

둘째 시간 내내 동만이는 잠들어 있습니다.

"동만아, 운동장으로 나오래."

동만이는 제일 늦게 운동장으로 걸어 나갑니다.

"내가 먼저 왔어."

"새치기하지 마."

"뒤로 가."

서로 밀기도 하고 끼어들기도 하며 줄을 섭니다.

동만이가 뒤늦게 아이들이 선 줄 옆으로 갑니다.

"넌 짝 없잖아."

동만이는 뒷줄 옆으로 섭니다.

"동만아, 줄 안 맞잖아. 뒤로 가!"

엉덩이로 뒤 친구를 밀어 내며 광현이가 짜증스럽게
말합니다.

동만이는 제자리에 멍하니 서 있습니다.

그러다 밀리고 밀려서 맨 뒤에 어정쩡하게 섭니다.

"말도 안 했는데 벌써 줄 섰네."

빛나리 선생님은 앞에서 아이들을 한참 바라봅니다.

운동장을 돌기 시작합니다.

모두 뛰는데 동만이는 제자리에 서 있습니다.

반 바퀴를 돌다 선생님이 동만이한테 갑니다.

선생님을 따라 동만이가 갑니다.

뛰는 게 아니라 느리게 걷습니다.

줄을 맞춰 기다리던 아이들 뒤에 섭니다.

선생님과 아이들이 다시 뛰기 시작합니다.

동만이는 아이들을 따라서 돌지 않고 가운데로

가로질러 걷습니다.

잠시 멈춰서 하늘도 봅니다.

바람에 흔들리는 나뭇잎도 봅니다.

아이들은 운동장을 돌고 몸풀기 체조를 합니다.

서로 손 마주치기도 하고 제자리 뛰기도 합니다.

동만이는 천천히 텃밭 계단으로 갑니다.

쪼그리고 앉습니다. 개미들이 지나갑니다.

손끝으로 개미 엉덩이를 건드려 봅니다.

"엄마 개미, 아빠 개미, 아가 개미."

개미에게 이름을 붙여 가며 이야기합니다.

"동만아, 뭐 해? 빨리 와. 달리기 한대."

모세가 동만이를 부릅니다.

동만이는 개미 식구들을 내려다보는 데

폭 빠져 있습니다.

"동만아, 빨리 와. 짝이 안 맞아. 선생님이 오래."

모세는 동만이 손을 잡고 운동장 쪽으로 갑니다.

아이들은 벌써 두 줄로 나뉘어 운동장 가운데

서 있습니다.

동만이는 모세와 짝입니다.

동만이는 줄 중간쯤에 삐죽 나와 있습니다.

선생님 호루라기 소리에 맞추어

두 명씩 달리기 시합을 합니다.

축구 골대 돌아오기입니다.

곧 뛸 아이들은 주먹을 꼭 쥐고 입술을 다문 채
선생님을 바라봅니다.

아이들은 자기가 좋아하는 아이 이름을 외치며
응원을 합니다.

동만이 차례입니다. 모세도 준비합니다.

"모세가 당연히 이기지."

"동만인 느림보잖아."

아이들이 뒤에서 한 마디씩 합니다.

호루룩.

선생님 손 신호가 떨어지자 모세가 먼저
달려나갑니다.

"동만아, 뛰어."

뛰라는 소리에 동만이도 앞으로 달려갑니다.

느리긴 하지만 환하게 웃고 있습니다.

"강모세, 이겨라."

아이들이 합창을 합니다.

모세가 한참 앞서 나갑니다.

뒤따라가던 동만이가 갑자기 멈춰 섭니다.

여기저기 두리번거립니다.

신발 한 짝이 벗겨졌습니다.

"동만아, 뭐 해? 빨리 뛰어."

아이들이 뒤에서 소리를 지릅니다.

동만이는 뒤쪽에 떨어진

한 쪽 신발을 찾으러 갑니다.

땅바닥에 털썩 앉아서 신발을 신습니다.

그리고 다시 달리기 시작합니다.

"동만아! 저쪽이야. 어디로 뛰는 거야?"

동만이는 신발을 신고 출발점을 향해 거꾸로 달리고

있습니다.

"동만아, 축구 골대로 뛰어."

아이들이 깔깔대며 소리칩니다.

동만이는 열심히 아이들 쪽으로 달립니다.

"하하, 동만이 봐."

아이들은 동만이가 신발 신고 그냥 되돌아 뛰는

모습에 웃음을 참지 못합니다.

축구 골대를 돌아 모세가 힘차게 달려옵니다.

동만이와 비슷해집니다.

"서동만, 이겨라! 서동만, 이겨라!"

정신없이 웃던 아이들이 서동만을 외칩니다.

동만이는 뒤뚱뒤뚱 달립니다.

모세와 거의 비슷하게 들어옵니다.

동만이는 아이들을 보고 씩 웃습니다.

"서동만, 거꾸로 달리기 잘 하는데."

빛나리 선생님도 한 마디 합니다.

"선생님 우리도 거꾸로 달리기 해요."

아이들은 동만이 모습이 재미있었는지 벌써 앞으로

달려나가 흉내를 냅니다.

광현이가 뛰다 말고 일부러 신발을 벗어 던집니다.

그리고 되돌아와 앉아서 신발을 신습니다.

광현이는 일어서서 두리번거리더니

아이들 쪽으로 달려갑니다.

다른 아이들도 한꺼번에 달려나갑니다.

가고 싶은 만큼 가나 한 쪽 신발을 빗어 딘집니다.

동만이와 똑같이 신발을 신고 되돌아옵니다.

동만이도 아이들 틈에 끼어 달리기를 합니다.

3월 봄날입니다.

다른 아이들은 정류장에서 기다렸다

학교 버스를 타고 갑니다.

동만이는 어머니 차를 타고 학교로 올라갑니다.

구불구불 산길을 따라 오르면

아래 동네가 모두 내려다보입니다.

"엄마, 눈이다."

나뭇가지에 내려앉은 눈들은 아침 햇살에

구슬처럼 반짝거립니다.

산성에 들어서자 어젯밤 내린 눈들이 살아

그대로 눈꽃이 되었습니다.

아래 동네는 비가 온 것처럼

땅바닥이 축축하게 젖어 있을 뿐입니다.

2

돌멩이는 살았을까? 죽었을까?

차에서 내린 동만이는 교실로 갑니다.

햇살은 따스하지만 산바람은 아직 쌀쌀합니다.

"동만아, 안녕."

용현이가 먼저 반갑게 인사합니다.

동만이는 잠시 용현이를 바라봅니다.

"그래 대훈아, 안녕."

동만이는 작은 소리로 인사합니다.

"나 대훈이 아니야, 동만아."

용현이는 대훈이란 소리에 놀라서 말합니다.

옆에 있던 대훈이가 동만이에게 대뜸 물어봅니다.

"난 누구야?"

"음, 용현이."

대훈이는 재미있어 막 웃습니다.

동만이는 고개를 갸우뚱거립니다.

"그럼 난 누구야?"

개구쟁이 광현이가 더 큰 소리로 동만이에게

묻습니다.

"으음, 꽝."

동만이는 제법 심각한 얼굴로 대답합니다.

꽝이란 소리에 둘러앉은 아이들이 까르르 웃습니다.

지금부터 광현이 별명은 꽝입니다.

동만이도 함께 웃습니다.

"얘는 용현이, 얘는 꽝, 나는 대훈이야."

광현이는 씩 웃으며 아이들 이름을

막 바꾸어 가르쳐 줍니다.

동만이는 가방 속에서 작은 수첩을 꺼냅니다.

깨알 같은 글씨로 친구들 이름을 써 나갑니다.

"동만아!"

스팀 위에서 엉덩이를 대고 몸을 녹이던

다은이와 보라가 달려옵니다.

남자 아이들은 슬금슬금 뒤로 물러섭니다.

"동만아, 애들이 장난친 거야.

애는 용현이, 애는 대훈이, 애는 광현이야.

애는 보라고 난 다은이야.”

동만이는 다은이와 보라를 수첩에 적습니다.

“애는?”

동만이는 한 명 한 명 물어 수첩에 적습니다.

“애들아! 아침 산책 가자. 눈썰매도 탈 수 있겠어.”

빛나리 선생님입니다.

아이들은 함성을 지르며 밖으로 뛰어나갑니다.

나무마을 아이들은 아침마다 산책을 합니다.

“동만이도 가야지.”

동만이가 선생님을 쳐다봅니다.

동만이는 수첩을 들고 일어섭니다.

"동만아, 수첩은 교실에 놓고 가야지."

선생님 말에 아랑곳하지 않고 동만이는

한 손에 수첩을 꼭 쥐고 나갑니다.

뒷산으로 올라가는 돌계단 앞에 아이들이

줄을 서 있습니다.

자기가 좋아하는 친구와 짝이 되어

앞자리에 서려고 밀고 밀립니다.

동만이는 줄 옆에서 씩 웃고 있습니다.

"얘들아, 산책할 때는 줄 서지 말고

성곽까지 오르자."

선생님 말이 끝나자 금방 동그랗게 모입니다.

동만이도 그 속에 있습니다.

산성에 사는 연주와 성현이가 제일 앞서 갑니다.

높은 돌계단에서는 선생님이

아이들 손을 잡아 줍니다.

먼저 오른 친구가 다른 친구 손을

잡아 주기도 합니다.

성곽 언덕진 곳에는 눈이 쌓여 있습니다.

"와아!"

언덕 꼭대기에 올라간 연주가 엉덩이를

눈 위에 대고 내려갑니다.

다른 아이들도 뒤이어 눈을 타고 내려갑니다.

겹쳐서 한꺼번에 서너 명씩 미끄러져 내려갑니다.

어느새 산 속에 아이들 소리가 울려 퍼집니다.

아이들이 눈썰매를 타고 있을 때,

동만이가 선생님 손을 잡고 숲길에서 나옵니다.

"동만이도 썰매 탈래?"

빛나리 선생님이 물어봅니다.

"무서워요."

동만이가 고개를 저으며 말합니다.

그리고 바닥에 쓰러진 소나무에 앉아
아이들이 노는 모습을 지켜봅니다.
문득 땅바닥을 내려다봅니다.
눈 사이로 작은 돌멩이들이 고개를
빼꼼 내밀고 있습니다.
동만이는 돌멩이를 들어 숲 쪽으로 던집니다.
몇 번을 던지더니 돌멩이를 들고
성곽 쪽으로 갑니다.
이번엔 성곽 틈 사이로 돌멩이를 던집니다.
선생님도 돌멩이 몇 개를 잇따라 던집니다.

썰매를 타던 아이들 몇 명도 돌멩이를 던집니다.

돌멩이 멀리 던지기 시합이 벌어졌습니다.

제일 멀리 던지려고 애를 씁니다.

"내가 이겼다."

대훈이는 기뻐 소리칩니다.

동만이는 자기 돌이 떨어진 곳을 한참 내려다봅니다.

"돌멩이는 살았을까? 죽었을까?"

돌멩이를 던지며 동만이가 혼잣말을 합니다.

"선생님, 돌멩이는 살았을까요? 죽었을까요?"

"글쎄."

동만이의 갑작스런 질문에 선생님은 제대로

대답하지 못합니다.

동만이 눈길은 다른 친구들이 던지는 돌멩이를

자꾸 따라갑니다.

돌멩이가 떨어진 숲을 한참 바라봅니다.

'돌멩이는 살았을까? 죽었을까?'

5월 눈부신 햇살을 받아 산의 나무들은
푸른 옷으로 갈아입었습니다.
나뭇잎들은 크게 자라 산책길을
좁게 만들었습니다.

3

소나무 집 애벌레

중간 놀이 시간에 동만이는

전쟁 놀이 하는 친구들을 쫓아다닙니다.

"얍! 내 칼 받아라!"

"난 고려국 왕건이다."

"넌 백제군이지?"

아이들은 서로 나무 막대기를 휘두르며

떠들어 댑니다.

쫓아오는 동만이에게 성현이가 나무 막대기를

겨눕니다.

"아아아아!"

동만이는 손으로 얼굴을 가리며 소리를 지릅니다.

잠시 멈췄다가 아이들을 또 쫓아갑니다.

"쉭쉭! 넌 백제군 견훤 군사지?"

성현이는 나무 막대기를 위로 들었다가

동만이 가슴으로 들이대며 묻습니다.

"난 경찰이다."

"하하 경찰이래. 삼국 시대에 경찰이 어딨어?"

"경찰이면 총 있어?"

아이들이 동만이에게 크게 소리칩니다.

"애들아, 가자! 백제군이 쳐들어왔다."

아이들은 뒷산 놀이터로 뛰어올라갑니다.

동만이도 재미있는지 뒤쫓아갑니다.

뒷산 놀이터를 지나 좁은 길을 따라갑니다.

휘어진 소나무와 소나무 사이에

나뭇가지들을 얹어 만든 집이 있습니다.

"동만이도 우리 본부에 온다."

맨 꼴찌로 오는 동만이를 보며 한 아이가 외칩니다.

"병사가 많으면 좋지. 동만이 넌 우리 편이다."

헉헉거리고 올라온 동만이는 우리 편이라는 말에

고개를 끄덕이며 좋아합니다.

소나무 집 안에는 여러 모양의 나무 막대기가

수북이 쌓여 있습니다.

종이 상자, 과자 봉지, 라면 봉지도 있습니다.

동만이도 나무 막대기를 하나 집어 듭니다.

"자! 세 명은 본부를 지킨다. 동만이 너도!"

"알았어."

대장인 성현이의 말에 동만이가 활짝 웃습니다.

동만이는 소나무 집 안의 돌에 앉아

나뭇가지 틈새로 밖을 내다봅니다.

정말 병사가 된 것처럼 어깨에 힘을 줍니다.

"동만아, 여기 지키고 있어.

우린 나가서 적군이 오나 볼게."

동만이만 남겨 두고 아이들이 나갑니다.

동만이는 혼자서 소나무 집을 지킵니다.

여기저기 살피며 살금살금 밖으로 나갑니다.

나뭇잎들이 우거져 있습니다.

동만이는 쪽동백 잎을 땁니다.

소나무 집 바닥에 여러 차례 갖다 깝니다.

앉아 보니 훨씬 폭신합니다.

멀리서 친구들 소리가 들립니다.

호로로로, 산비둘기 소리도 크게 들립니다.

발 바로 앞에 떨어진 잎사귀에 작은 애벌레가

꾸물거리고 있습니다.

천천히 나뭇잎을 듭니다.

'애벌레 손님이네.'

살금살금 기어가는 애벌레가 너무 앙증맞습니다.

동만이는 애벌레를 쓰다듬어 봅니다.

옆에 있던 종이 상자 속에 나뭇잎 몇 장을

이불처럼 깝니다.

작은 나뭇가지도 주워서 넣어 놓습니다.

애벌레를 들어 종이 상자 속 나뭇잎 이불에

살짝 올려 놓습니다.

애벌레는 쉬지 않고 기어갑니다.

"동만아! 우리 편이 이겼어. 이리 와."

같은 편 아이가 뛰어오며 소리칩니다.

"응, 알았어."

동만이는 애벌레가 든 종이 상자를 소나무 기둥 아래

엎어 놓고 얼른 밖으로 나갑니다.

"와! 휙휙!"

앞에 가는 친구는 나무 막대기로 나뭇가지들을

내려칩니다.

쫓아가 보니 비슷한 소나무 집이 또 하나 있습니다.

그 앞에 아이들이 모여 있습니다.

동만이 편이 상대편 본부를 먼저 빼앗았습니다.

"충! 충! 충성!"

아이들은 텔레비전에 나오는 것처럼 나무 막대기를

하늘로 올렸다 내렸다 합니다.

동만이도 같이 따라합니다.

"내일 또 하자."

중간 놀이 시간 30분이 금방 지나갑니다.

수업 시간에도 동만이는 자꾸 애벌레 생각이 납니다.

점심 시간에 챙긴 밥풀을 들고 재빠르게

뒷산에 오릅니다. 소나무 집으로 갑니다.

"애벌레야."

종이 상자 속을 보니 애벌레가 그대로 있습니다.

밥풀을 종이 상자 속에 넣어 줍니다.

"배고팠지. 얼른 먹어."

밥풀을 갖다 대 주어도 애벌레는

먹으려 하지 않습니다.

한참 동안 지켜봐도 마찬가지입니다.

동만이는 쪼그리고 앉아 생각에 잠깁니다.

동만이는 애벌레 상자를 들고

소나무 집 밖으로 나갑니다.

쪽동백 나무 앞으로 갑니다.

나뭇잎 위에 애벌레를 얹어 줍니다.

애벌레가 슬금슬금 기어가기 시작합니다.

동만이는 이제 좀 마음이 놓입니다.

"얍! 얍!"

같은 반 아이들이 올라옵니다.

동만이는 나무 막대기를 들고

아이들 쪽으로 내려갑니다.

"휙! 휙휙휙!"

막대기를 이리저리 휘두르며 내려갑니다.

친구들과 함께 편을 나눕니다.

"엎어라, 뒤집어라."

아이들과 함께 칼싸움을 합니다.

급식 시간입니다.

뒷건물에는 1, 2, 3학년이 함께 있습니다.

그래서 1학년 꽃마을이 점심을 받고 난 뒤에야

나무마을이 받을 수 있습니다.

마지막에는 3학년 산마을 아이들이 받습니다.

나무마을 아이들은 서로 먼저 받으려고

교실 뒤에 나가서 줄을 쭉 섭니다.

늘 그랬던 것처럼 동만이는

제일 끄트머리에 서 있습니다.

4

고추냐? 꼬추냐?

제일 앞에 섰던 꽝이 복도 밖으로 나갑니다.

하늘마을 누나들이 여는 반찬통을

하나씩 살펴봅니다.

"으! 멸치볶음이다."

갑자기 꽝의 얼굴이 굳어집니다.

작년 급식 때 멸치볶음에 들어 있던 고추를 코 막고

겨우 먹은 생각이 되살아납니다.

"고추 나왔어."

꽝은 남자 애들에게 작게 얘기하며 줄 뒤로 갑니다.

다른 남자 애들도 작년 급식을 떠올리며

줄 맨 끝으로 갑니다.

끝에 서야 조금 받을 수 있습니다.

꽃마을이 다 받고 나무마을 차례가 됩니다.

앞줄부터 차례대로 급식을 받습니다.

아이들은 멸치볶음을 조금 받으려고 야단입니다.

"누나, 조금만 덜어 줘!"

"너무 매워."

"안 받으면 안 돼?"

별소리를 다 해 보지만 조금씩은 모두 받게 됩니다.

동만이 차례입니다.

멸치볶음을 받을 때 얼른 지나칩니다.

하늘마을 누나는 재빨리 동만이 급식판을

잡아서 멸치볶음을 얹어 줍니다.

동만이가 제일 싫어하는 매운 멸치볶음입니다.

급식판 위에 멸치 대가리와 고추가

동만이를 노려보고 있습니다.

'내가 제일 싫어하는 꼬추다.'

동만이는 다른 반찬부터 조금씩 먹습니다.

멸치 쪽으로는 젓가락이 가지 않습니다.

다른 반찬은 자꾸 줄어드는데,

멸치볶음은 자꾸 늘어나는 것 같습니다.

밥을 먹고 제일 작은 멸치 한 마리를 골라

집어 듭니다.

역시 좀 맵습니다.

멸치도 매운데 고추는 어떨까 걱정입니다.

"대훈아, 내 꼬추 좀 먹어 줘. 내가 딱지 줄게."

앞에 앉은 대훈이에게 졸라 봅니다.

"싫어. 나도 멸치볶음 싫어."

"대훈아, 멸치볶음 먹어 주면 내 수첩 줄게."

"싫다니까."

대훈이가 소리를 크게 지르며 짜증을 팍 냅니다.

멸치볶음 좋아하는 아이는 하나도 없습니다.

모두 어쩔 수 없어 먹고 있습니다.

동만이는 아예 한쪽에 물컵을 갖다 놓습니다.

멸치 하나 먹을 때마다 물을 마십니다.

밥과 다른 반찬은 거의 다 먹어 갑니다.

멸치볶음만 많이 남아 있습니다.

"얘들아, 산마을 선생님이 지키고 있어."

급식판을 놓고 들어오던 모세가 크게 소리칩니다.

그 소리를 듣고 동만이는 밖으로 나갑니다.

정말 산마을 선생님이 급식판 놓는 곳 앞에

버티고 있습니다.

의자를 놓고 앉아서 아이들 급식판을 검사하고

있습니다.

큰일입니다.

동만이는 현관 계단에 털썩 주저앉습니다.

산마을 선생님은 급식을 남기면 모두 쓰레기가 되어

자연을 오염시킨다며 싹싹 비우라고 했습니다.

농구 골대에서 농구하는 형들이 소리를 칩니다.

며칠 사이 하얗게 핀 수국이

바람에 흔들리는 모습도 부럽습니다.

뒷산 놀이터에서는 아이들이 그네를 타고 있습니다.

교실 옆 계단에서 딱지 치는 아이들도

눈에 들어옵니다.

동만이는 아무 말 없이 한참 주위를 둘러봅니다.

다시 교실로 들어가기가 싫습니다.

"동만아! 거기서 뭐 해? 빨리 밥 안 먹고."

빛나리 선생님입니다.

동만이는 쭈뼛쭈뼛 교실로 들어갑니다.

이제 대여섯 명밖에 남지 않았습니다.

모두 죽을 맛입니다.

어떻게 하면 멸치볶음을 빨리 먹어치우고

놀 수 있을까 궁리합니다.

동만이는 급식판 위에 남은 멸치와 고추를

한참 바라봅니다.

먹고 싶은 마음은 생기지 않습니다.

고추 하나를 집어 입 속에 넣습니다.

"와! 맵다."

동만이는 입김을 내뱉으며 손으로 부채질을 합니다.

"꼬추 진짜 맵다."

크게 소리칩니다.

"그게 꼬추냐? 고추지!"

꽝도 동만이만큼이나 크게 말합니다.

"고추?"

동만이가 되묻습니다.

"꼬추는 애기한테 달린 거지.

이건 먹는 고추 아니냐?"

꽝 말이 제법 그럴 듯합니다.

"고추 먹으면 여자도 꼬추 난대!"

"히히, 맞아."

아이들이 히히덕거리며 한 마디씩 합니다.

"야! 고추 하나씩 들어 봐."

꽝이 고추 하나를 집어 들고 아이들에게 내밉니다.

입에 쏙 집어넣습니다.

"으— 매워."

꽝은 매우면서도 얼굴을 찡그리며 참아 냅니다.

"고추 먹으면 부랄이 커진대."

대훈이도 한 마디 거듭니다.

"정말?"

동만이가 묻습니다.

"으하하하하."

다른 아이들은 재미있어 죽겠다며 고추를 하나씩

입에 넣습니다.

입 속이 얼얼하면서도 한 마디씩 합니다.

"고추 먹으면 부랄이 커진대."

"으하하하하, 하하하."

아이들은 손뼉까지 쳐 가며 좋아합니다.

"보라야, 너도 먹어 봐. 고추 먹으면 꼬추 난대."

꽝이 보라에게 짓궂게 얘기합니다.

남은 아이들 가운데 보라만 여자입니다.

"고추 먹으면 꼬추 난대."

동만이도 따라합니다.

보라가 급식판을 들고 벌떡 일어납니다.

"난 다 먹었어. 까불지 말고 빨리 고추나 먹어."

보라는 새침데기처럼 식판을 들고 교실을

얼른 빠져나갑니다.

동만이는 보라 말을 듣고 다시 급식판을 봅니다.

멸치와 고추는 그대로 있는 듯합니다.

꽝이 용감하게 일어납니다.

"난 더 이상 못 먹겠다."

급식판을 들고 교실 밖으로 나갑니다.

대훈이는 밥 먹다 말고

일어나서 따라갑니다.

꽝은 선생님한테 배 아프다고
엄살을 부려 볼 작정입니다.
현관을 지나자 급식판 놓는 곳이 보입니다.
"야, 선생님 없다."
꽝은 신나서 급식판을 놓으러 뛰어갑니다.

대훈이는 얼른 돌아서서 교실로

급식판을 가지러 갑니다.

대훈이가 친구들에게 알립니다.

"야, 선생님 없다."

다른 아이들도 신나서 급식판을 들고 따라 나갑니다.

동만이도 따라갑니다.

급식판 놓는 곳 앞에서 줄줄이 멈춰 섭니다.

제일 앞에 꽝이 고개를 숙이고 서 있습니다.

"빡빡이 형이다!"

빡빡머리 상택이 형이 식판을 검사하고 있습니다.

아이들이 돌아섭니다.

동만이도 급식판을 들고 돌아섭니다.

"빡빡이 형 언제 나타났어?"

동만이가 꽝에게 묻습니다.

"내가 알아? 가니까 벽 뒤에 숨어 있었어."

"빡빡이 형은 선생님보다 더 무서워.

꿀밤 맞으면 별 보여."

동만이는 실망하며 다시 제자리에 앉아 멸치볶음을
내려다봅니다.

멸치와 고추가 아까보다 훨씬 커 보입니다.

"부랄이 커진 게 아니라

멸치가 고추 먹고 더 컸나 봐."

아이들은 젓가락으로 고추를 이리 굴렸다

저리 굴렸다 합니다.

억지로 먹습니다. 이제 대부분 거의 먹었습니다.

"야, 고추 먹기 싫은 사람 손 내려."

꽝이 갑자기 소리칩니다.

"거 봐. 다 먹기 싫다잖아."

꽝은 신나서 떠들기 시작합니다.

"거 봐. 다 먹기 싫다잖아."

나머지 아이들도 따라합니다.

"거 봐. 먹기 싫다잖아."

동만이도 따라합니다.

"고추 먹기 싫은 사람 발 내려."

대훈이가 금세 바꿔서 말합니다.

"거 봐. 다 먹기 싫다잖아."

동만이와 남은 아이들이 거의 동시에 합창을 합니다.

400살 넘은 아름드리 느티나무 할아버지가

아이들이 노는 모습을 보며 흐뭇하게 웃습니다.

노랗게 물이 오른 애기똥풀도 얼굴을 내밀고

도란도란 이야기를 합니다.

커다란 소나무 가지에 매달린 그네를 타는 아이들도

눈에 들어옵니다.

밤나무가 많은 '숲속햇빛마을' 놀이터에서 노는 아이들도

있습니다.

 넓은 운동장에서는 공을 차거나

사방치기, 고무줄 놀이를 합니다.

5

다은이를 사랑해!

"거기 서!"
동만이가 계단을 내려가며
소리칩니다. 앞에서는
다은이와 채빈이가 도망을 갑니다.
"거기 서라니까."
동만이는 실내화를 신은 채
운동장으로 나갑니다. 다은이와 채빈이는
은행나무, 전나무 사이를
요리조리 빠져나갑니다.

한참 쫓아가던 동만이는 바닥에 털썩 주저앉습니다.

다은이와 채빈이가 도망가다 말고

동만이한테로 돌아옵니다.

"동만아, 힘들어?"

다은이가 동만이에게 다가서며 말합니다.

"거기 서!"

동만이가 벌떡 일어서며 달려듭니다.

다은이와 채빈이는 후닥닥 도망가기 시작합니다.

정글짐으로, 모래장으로, 구름사다리로,

쉼 없이 달려갑니다.

때앵, 때앵, 때앵.

쇠종 소리가 운동장과 숲 속에 울려 퍼집니다.

아이들이 교실로 뛰어들어갑니다.

동만이는 제일 나중에 들어와 맨 앞자리에 앉습니다.

선생님이 책을 준비하라고 말합니다.

동만이는 책상에 턱을 괴고 조용히 앉아 있습니다.

선생님이 동만이 앞으로 갑니다.

"동만아, 책 꺼내야지."

"선생님, 왜 자꾸 다은이가 생각날까요?"

동만이가 선생님에게 대뜸 묻습니다.

"자꾸 다은이가 생각나요."

동만이가 벌떡 일어서더니 교실 맨 뒷자리에 앉은

다은이한테 갑니다.

다은이가 앉은 의자에 엉덩이를 들이밉니다.

다은이가 의자 옆으로 넘어집니다.

동만이는 다은이 의자에 엉덩이를

반쯤 걸치고 앉아 일어나지 않습니다.

다은이가 어쩔 줄 몰라 합니다.

아이들이 발을 구르며 웃습니다.

"동만아! 너 다은이 사랑해?"

"응. 다은이 사랑해."

동만이는 아주 자신 있게 대답합니다.

이 말에 아이들은 더 크게 웃습니다.

"동만아, 다은이랑 결혼할 거야?"

"응, 결혼할 거야."

아이들은 신나서 자꾸 물어봅니다.

"다은이가 좋아, 채빈이가 좋아?"

"다은이가 좋아."

"얘들아, 동만이는 다은이가 좋대."

"다은이가 좋아, 보라가 좋아?"

"다은이가 좋아."

"애들아 동만이는 다은이가 좋대."

"동만아, 그러면 다은이가 좋아, 엄마가 좋아?"

짓궂은 질문에 동만이가 잠시 고개를 갸우뚱합니다.

"다은이도 좋고, 엄마도 좋아."

둘 다 좋다는 대답에 아이들은 더 묻지 않습니다.

선생님이 교실 뒤쪽으로 갑니다.

"동만아 그래도 공부는 제자리에서 해야지."

"다은이 예뻐요."

다은이는 아이들이 놀리자 책상에 엎드려 있습니다.

"동만아, 그러면 다은이가 마음 아파요.

쉬는 시간에 놀면 되지."

"정말요?"

동만이는 엎드려 있는 다은이를 내려다봅니다.

자기 자리로 돌아갑니다.

동만이는 선생님이 설명할 때도 다은이를 자꾸

돌아봅니다.

"둥개 둥개 둥개야. 두둥 둥개 둥개야."

녹음기에서 노래가 흘러나옵니다.

아이들이 합창을 합니다.

동만이도 따라서 부르다 자기 자리에서

일어나 춤을 춥니다.

엉거주춤이지만 '둥개 둥개 둥개야' 노래에

맞추어 몸을 흔듭니다.

앞으로 춤을 추며 나갑니다.

다른 아이들 몇 명이 동만이를 보고

따라 추기 시작합니다.

선생님도 재미있어 함께 춤추며 노래합니다.

동만이가 분필을 들고 칠판에 글씨를 씁니다.

쓰고 나서 더 신나게 춤을 춥니다.

"둥개 둥개 둥개야, 두둥 둥개 둥개야."

노래가 끝나자 동만이가 큰 소리로

노랫말을 바꾸어 부릅니다.

"나는 나는 나는야, 다은이를 사랑해."

꽝도 신나서 노랫말을 바꿉니다.

"동만 동만 동만인 다은이를 사랑해."

"야아!"

다은이가 웃으며 노래 부르는 꽝의 입을 손으로

막습니다.

비가 내립니다.

지난 주부터 동만이는 학교 버스를 타고 다닙니다.

오늘은 비가 와서 혼자 잘 갈까 더 걱정입니다.

"오늘은 엄마 차 타고 가자, 동만아."

"싫어요. 나 혼자 학교 버스 탈 수 있어요."

동만이는 가방을 메고 얼른 문 밖으로 나섭니다.

어머니는 우산을 챙겨 따라 나섭니다.

동만이가 비를 맞으며 걷자,

어머니는 우산을 펼쳐 씌워 줍니다.

버스 정류장에서 학교 버스를 기다립니다.

다른 친구들이 하나둘 모여듭니다.

6

아자! 비 온다

"버스 왔다."

아이들이 학교 버스로 우르르 달려갑니다.

동만이도 달려갑니다.

어머니도 쫓아가 우산을 접어 동만이 손에 쥐어

줍니다.

"동만아, 비 맞지 말고 우산 꼭 써. 감기 걸려."

어머니는 학교 버스가 사라진 뒤에도

그 자리에 한참 서 있습니다.

구불구불 아주 가파른 산길을 따라 버스가 오릅니다.

풍성하게 자란 나뭇잎들이 버스 창문을 타다닥

스칩니다.

동만이는 조용히 산 속을 바라봅니다.

"와, 안개다."

동만이가 갑자기 소리를 지릅니다.

중턱쯤 오르자 하얀 안개가 온통

산을 뒤덮고 있습니다.

버스가 산모퉁이를 돌 때마다 다른 세상이 열립니다.

안개 속에서 뭔가 나올 것만 같습니다.

동만이는 안개에서 눈을 떼지 못합니다.

버스가 학교 운동장에 들어서자

아이들이 차에서 내립니다.

"아자! 비 온다."

동만이가 내리면서 신나게 외칩니다.

앞을 볼 수 없을 정도로 하얗게 낀 안개 속에서

한참 서 있습니다.

손을 하늘 위로 쭉 벌립니다.

동만이 이마에 보슬보슬 비가 내립니다.

"와! 와아아아아."

맘껏 외쳐 봅니다.

빗속을 춤추듯 뛰어갑니다.

안개가 스칩니다.

팔을 옆으로 벌려 빙빙빙 돌아갑니다.

너무 시원합니다.

더 세게 돌아갑니다.

안개도 함께 돌아가며 놀아 줍니다.

맘껏 달려 봅니다.

달릴 때 빗줄기가 이마에 부딪혀 너무 상쾌합니다.

"으와아아아아!"

빗속에서 달리면 바람이 만들어집니다.

바람을 타고 안개 속으로 들어갑니다.

모래밭에 다다릅니다.

친구들이 벌써 두꺼비집을 만들고 있습니다.

"두껍아, 두껍아!"

"내가 만든 성이다."

"우린 터널 만들고 있어."

"뒷산에서 오디하고 산딸기도 따왔어."

모래밭에서 놀던 아이들이 재잘댑니다.

동만이는 신발과 양말을 벗어 은행나무 아래

돌의자에 올려 놓습니다.

맨발로 모래밭에 들어갑니다.

땅이 푹 패어 들어간 곳에는 물이 고여 있습니다.

진흙처럼 변한 곳도 있습니다.

동만이는 아무 말 없이 맨발로 물 속에

들어가 뜁니다.

발로 물을 차기도 합니다.

발바닥을 비비자 발가락 사이로 흙이

삐죽삐죽 미끄러져 나옵니다.

다른 아이들도 신발과 양말을 벗고

동만이한테 달려옵니다.

동만이 발 위에 흙을 덮어 줍니다.

금세 발등이 보이지 않습니다.

대훈이가 동만이 무릎까지 진흙을 묻힙니다.

"히히, 흐흐흐, 간지러워."

동만이는 참지 못하고 발로 흙탕물을 차 올립니다.

"앗, 차가워."

흙탕물이 친구들에게 튑니다.

이에 지지 않고 다른 친구들도 동만이에게

발길로 물을 찹니다.

동만이도 더 세게 발길질을 합니다.

손으로 물을 퍼서 끼얹습니다.

서로 뒤엉켜 물싸움을 합니다.

옷이 다 젖습니다.

동만이는 아예 흙탕물 속에 드러눕습니다.

수영하는 사람처럼 물장구를 칩니다.

"으와와!"

"애들아, 애들아!"

꽝과 모세입니다.

바지를 걷어올리고 맨발로

뛰어옵니다.

모래밭에 끼어들어 함께

놀이를 합니다.

"동만아, 물총이다."

꽝은 발로 물을 차서 동만이에게 튀깁니다.

동만이가 피해 달아납니다.

"거기 서! 물총이다."

동만이는 도망가다 말고 돌아서서 허리를 굽힙니다.

두 손을 모아 물을 담아서 꽝에게 뿌립니다.

한참을 놀던 동만이와 아이들은

수돗가로 씻으러 갑니다.

가는 길에 학교 텃밭에 자라고 있는 상추, 오이,

호박, 쑥갓, 방울토마토, 샐비어를 봅니다.

빗방울이 맺혀 아주 싱싱합니다.

보랏빛 가지꽃 사이로

아이들 팔뚝만한 가지가 보입니다.

노란 오이꽃도 오늘따라 더욱 예쁩니다.

텃밭 사이로 흙을 밟고 지나갑니다.

흙 위에서 동만이는 너무 좋아 춤을 춥니다.

양팔을 들고 엉덩이를 흔듭니다.

다른 아이들도 동만이처럼 따라서 춤을 춥니다.

"투두두두두. 토로록 토로록."

동만이는 빗소리가 들리는 대로 노래를 부릅니다.

"투두두두두. 토로록 토로록."

다른 아이들과 동만이는 함께 소리지르며

텃밭 고랑을 뛰어갑니다.

"투두두두. 투두두두."

"토로록 토로록."

비도 좋아서 노래하며 내립니다.

나무마을 아이들은 저마다 제 빛깔!

산꼭대기에 있는 학교는 한 학년에 한 반씩 있습니다. 1학년부터 6학년까지 꽃마을, 나무마을, 산마을, 들마을, 강마을, 하늘마을에 모여 살고 있지요. 마을이란 말, 참 좋지요? 『나무마을 동만이』는 저마다 다른 빛깔을 가진 아이들이 모여 살아가는 나무마을 아이들 이야기입니다.

나무마을 아이들과 1년을 지내면서 배꼽 잡고 웃었던 일, 슬펐던 일, 힘들었던 일들을 많이 겪었습니다. 새롭게 느낀 일이 많아 작은 수첩에 그 날 그 날 겪은 일을 바로 적곤 했습니다. 날마다 일기도 썼습니다. 1년 동안 거의 하루도 빠지지 않고 일기를 쓴 것은 그 때가 처음이었습니다. 그만큼 할 이야기, 기억에 남는 이야기가 많았지요.

나무마을 아이들 이야기는 곧 여러분 이야기이기도 합니다. 어느 학교 교실에서나 이런 아이들을 만날 수 있으니까요. 나무마을 아이들 이야기를 책으로 엮다 보니 눈앞에 한 명 한 명의 얼굴이 다시 떠오릅니다.

사람은 또다른 사람에게 빠르다, 느리다, 틀리다, 맞다고 말하지만, 자연은 저마다 제 빛깔을 있는 그대로 인정해 줍니다.

나무마을 동만이

ⓒ 2003 글 김영주 · 그림 강전희

1판 1쇄 2003년 1월 18일 | 1판 5쇄 2020년 9월 21일
글쓴이 김영주 | 그린이 강전희 | 펴낸이 염현숙
편집 염현숙 원선화 염미희 김유정 | 디자인 박정은 정연화
마케팅 정민호 나해진 최원석 | 홍보 김희숙 김상만 지문희 우상희 김현지
제작 강신은 김동욱 임현식 | 제작처 한영문화사
펴낸곳 (주)문학동네 | 출판등록 1993년 10월 22일 제406-2003-000045호
주소 10881 경기도 파주시 회동길 210 | 전자우편 kids@munhak.com | 홈페이지 www.munhak.com
카페 cafe.naver.com/mhdn | 페이스북 facebook.com/kidsmunhak | 트위터 @kidsmunhak | 북클럽 bookclubmunhak.com
대표전화 (031)955-8888 팩스 (031)955-8855 | 문의전화 (031)955-8890(마케팅) (02)3144-3238(편집)

ISBN 89-8281-625-9 03810

어린이제품 안전특별법에 의한 기타표시사항 제품명 도서 | 제조자명 (주)문학동네 | 제조국명 한국 | 사용연령 7세 이상

● 동만이에게 혹은 나무마을 친구들에게 편지를 써서 보내주세요.
  매월 세 명의 친구들에게 문학동네 어린이책 한 권을 보내줄게요.

✳ _____ 에게

□□□□□

10881
경기도 파주시 회동길 210

문학동네 어린이책 편집부 앞

● 동만이에게 혹은 나무마을 친구들에게 편지를 써서 보내주세요.
  매월 세 명의 친구들에게 문학동네 어린이책 한 권을 보내줄게요.

✳   에게

□□□□□

1 0 8 8 1

경기도 파주시 회동길 210

문학동네 어린이책 편집부 앞